学会原谅的伊森

Ethan Makes It Right

宽恕 | Forgiveness

[澳]肯·斯皮尔曼 / 著　　[新加坡]陈俊强 / 绘　　彭安琪 / 译

四川科学技术出版社

第一章

　　伊森正在洗手，细细的水流从水龙头里流淌出来。

　　在他旁边的洗脸池，有一个年龄大一些的男孩正在照镜子。他穿了一件被汗水湿透了的运动服，嘴唇有咬破的痕迹。

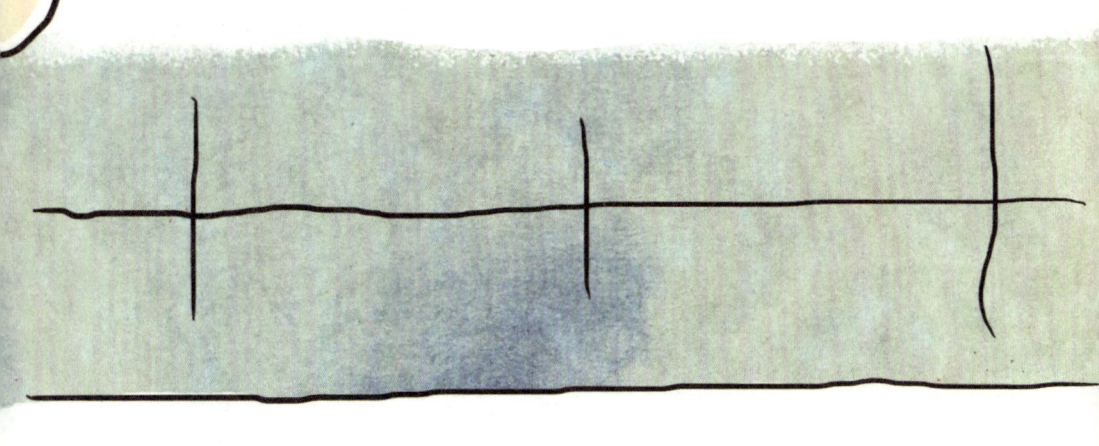

这个男孩突然弯下身体，大把地朝脸上泼水，全然不顾站在身边的伊森，水花四处飞溅。

伊森急忙跳开，但是水花还是溅到衬衫和短裤上。大男孩似乎没有注意到，又继续泼水。幸好伊森已经躲开了。

离开洗手间后，伊森的思绪回到了刚刚的课堂小组作业上。在陶老师允许他离开教室之前，他已经和卢卡斯、可儿、席思组成小队了。

伊森相信他们会合作愉快的——现在，他的伙伴们正围成一团，分配老师交给他们的任务。

"快看啊，"正当伊森要坐下来的时候，卢卡斯低声说，"伊森尿裤子上啦！"

女孩们顺着卢卡斯的目光看向伊森的蓝色短裤。伊森也低下头，他看到裤裆上竟然有一块儿水印。

他看向四周，希望之前没有人发现。

"这是水，"伊森赶忙解释，"我被水花溅到了。"他拉了拉自己的衬衫，想轻松地结束这个话题。但他注意到，在衬衫薄薄的白布料上，水印几乎消失不见了。

可儿和席思咯咯笑起来。

"伊森臊不臊，没憋住尿尿。"卢卡斯嘲弄道，想逗女孩们笑得更欢。

伊森脸胀得通红，他讨厌自己总是脸红，有时候甚至没有任何来由地脸红。

"陶老师正看着我们呢。"他说。

果然，在教室后排的陶老师正一边指导其他小组做计划书，一边抬头看向他们。

可儿赶紧拿起笔，他们又开始学习。

但是卢卡斯时不时地朝伊森的方向挤眉弄眼，于是他们三个又笑作一团，丝毫不顾及伊森的感受。

他们仿佛建立了一个小团体，而伊森却被孤零零地排除在外。

伊森想哭出来，但忍住了泪水，因为他知道这只会令事情更糟糕。他想向陶老师倾诉，但又觉得似乎太难堪。毕竟，令他的三个小伙伴嘲笑不止的原因实在是难以启齿。

　　伊森别无他法，只能耐心等待下课。

第二章

　　伊森生气极了，被小团体奚落嘲笑就够令人难受的了，而现在卢卡斯正像个小喇叭一样将这件事告诉所有人，好像这是什么不容错过的电视节目的最新剧集。

　　伊森不得不一遍又一遍跟别人解释："那只是水而已。"下课十分钟后，他已经烦不胜烦。

　　他只想痛打卢卡斯一顿。

　　最糟糕的是，伊森不知道为什么会发生
这种事情。

　　虽然卢卡斯从来不是他最好的朋友，但
是他们也从来没有争吵过呀。

　　为什么卢卡斯突然铆足劲儿使他难堪呢?

　　"因为他是个大笨蛋。"罗素将一勺米饭送入口中，对伊森说。

　　他们照旧坐在食堂里二人的专属座位上。对于罗素来说，任何事情都没什么大不了。伊森试图想象在同样的情况下罗素的反应，但是以失败告终。

　　罗素拍了拍他的背。"别担心，"他说，"我们去打羽毛球吧。"

羽毛球也没能使他好起来。伊森可以抽击羽毛球，却送不走在他心里翻腾的怒气。

伊森上楼的时候，看到卢卡斯就在他面前。

想都没想，他伸腿重重地绊了一下卢卡斯的脚踝，卢卡斯反应不及向前摔了出去。

"对不起！"伊森挤出一个微笑，说着，越过一旁惊愕的卢卡斯，祈祷着不要被老师看到。

接下来一整天，伊森都希望自己没有在台阶上绊倒过卢卡斯。这样的行为既轻率又危险。如果卢卡斯向老师告状，那就有大麻烦了，不亚于卢卡斯继续宣传他的"糗事"。

即便如此，伊森还是没消气。

妈妈开车来学校接他回家时，伊森含含糊糊、心不在焉地应付妈妈惯常的问题。

　　"你怎么了？"妈妈问道，"今天有很多功课要做吗？"

　　伊森摇了摇头。没有，他想，但比那件事糟多了。

第三章

  伊森从不知道有一个仇敌是什么感觉。现在他知道了,他一点儿都不喜欢这种感觉。

  这就像是在一片海里面游泳,而旁边刚刚有人被水母蜇伤。

卢卡斯似乎没有告诉任何人在台阶上发生的事情，也不再取笑伊森的短裤。

但是伊森对他保持警觉。他尽力注意着卢卡斯的一举一动，感到卢卡斯也保持着同样的警惕。

伊森从没有想过与别人划清界限会这么困难。与卢卡斯在同一个小组的这个事实使他的希望落空了。

　　男孩们从不看对方。伊森开口的时候，总是对着两个女孩。卢卡斯也是，尽管他仍然试图表现得风趣幽默。

"你们俩闹够了吧。"可儿对他们说，
"如果陶老师看到我们不团结，就要给我们
不及格啦。"

　　"你们真是幼稚。"席思说。

伊森被泼了一头冷水，他觉得席思说的没错。

同时，另一些想法——不快的想法使他愤懑不已。

"事情不是我挑起的，我没有想过与卢卡斯起冲突。现在我们像电影里的拳击手一样严阵以待不是我的错。对吧？"

几天以后，伊森看到卢卡斯的手臂上有一条难看的伤痕。他不确定伤痕是不是自己害卢卡斯摔跤造成的，但是他觉得很有可能是。

伊森还是没有想通，为什么卢卡斯要这么刻薄——或者为什么他似乎把刻薄当成风趣。

但是关于伊森"尿"湿短裤的笑话很快就销声匿迹了，而卢卡斯的伤痕却依然存在。

现在，阻止他直视卢卡斯的原因不再是愤怒，而是愧疚。

伊森想要弥补这一切，却不知道怎么做。

第四章

伊森午餐吃得很少，妈妈知道伊森有过不开心的时候，但是从来没有超过一天。

"我知道你一定有什么心事，"妈妈说道，"你和往常不一样，伊森。你有什么事情瞒着我吗？"

"没什么。"伊森支吾道。他向门口走去。

"停下。"妈妈变得严肃起来，"你不能再瞒着我了。回来，坐下。"

伊森听从了妈妈的话。

"现在，告诉我到底发生了什么。"她语气温和了一些。

慢慢地，伊森结结巴巴地讲述了整件事情。

"告诉我，你是不是对卢卡斯做了什么？"妈妈问道。

伊森在座位上不安起来。"妈妈……是他挑起的。"

26

"嗯。但是你有没有试图报复他呢？"

伊森叹了口气，点了点头。他不想撒谎。

伊森告诉妈妈所有事情后，妈妈花了一些时间整理思绪。

"卢卡斯做得不对。"她说，"我猜他根本不知道自己为什么那么做，但是他可能很想逗别人笑吧。你觉不觉得卢卡斯有点儿喜欢卖弄呢？有时候，喜欢卖弄的人并没有多少真正的朋友。"

伊森点了点头说："罗素说他是个笨蛋。"

"好吧，这么说不大好。但是我们可以说卢卡斯觉得被忽视了或者感到孤单。当席思和可儿笑的时候，他自我感觉良好，所以他希望也逗笑别人。"

伊森耸耸肩。

妈妈继续说道："我知道对你这个年龄的孩子来说，理解这些事情并不容易。但是心怀愤怒会使你筋疲力尽。正是愤怒使你……"

"我并不想伤害他，妈妈。"伊森打断道。

"我知道，伊森。但是你的确伤害了他。这使事情变得更糟，对你们两个人来说都是这样。"

伊森转过头。泪水在他眼睛里打转，但是他不想妈妈看到。

"如果你让愤怒走开，情况就会好起来。如果你多想一想卢卡斯这个人，而非他对你做的事，你可能会更容易原谅他。你可能还会为拥有罗素这样的好朋友感到庆幸。卢卡斯很可能希望自己更像你。"

妈妈的话使伊森感觉更糟了。

"我知道你心烦。但是我是这么想的。"妈妈把手放到伊森的膝盖上，"你需要告诉卢卡斯，你已经原谅他了。但是你也要为你

的行为道歉。然后，你要原谅自己做了原本
不会做的错事。"

那天晚上,伊森无数次重温了整件事情。

是的,卢卡斯挑起了这件事。但是,如果这件事情到此结束会怎样?

如果他无视卢卡斯的行为,让整件事情过去会怎样?

如果是那样的话,他现在还会觉得难受吗?他们的学习小组还会像一盘散沙吗?

妈妈是对的。

愤怒使他失去理智，使情况更糟了。

第二天，伊森决定他要采取行动让一切好起来。

大家一起来讨论

1. 卢卡斯嘲弄伊森短裤上有水印，其他小伙伴也不顾他的感受笑起来。伊森觉得他们"建立了一个小团体，而伊森却孤零零地被排除在外"。这是什么意思？为什么伊森会有这种感觉呢？

2. 当伊森被他的小组伙伴取笑的时候，他的回应方式有：①他设法解释；②他脸红了；③他想哭却忍住了泪水；④他想向老师倾诉，但觉得这样做似乎太难堪；⑤他意识到别无他法，只能等待下课。

你是否有过和伊森类似的感受？分享你的经历吧。

3. 伊森不明白为什么卢卡斯铆足劲儿使他难堪，他很生气。伊森是怎么报复卢卡斯的呢？

4. 伊森报复卢卡斯之后的感受是什么？他的行为帮他摆脱愤怒了吗？

5. 对伊森的朋友罗素来说，任何事情都没什么大不了。如果罗素同样被卢卡斯取笑，你认为他的反应会怎么样？

6. 伊森一开始对卢卡斯感到很生气。后来，他觉得愧疚。为什么他会觉得愧疚？

7. 卢卡斯为什么总想表现得风趣幽默，逗别人笑呢？

8. 故事中，伊森是怎么"因愤怒而失去理智"的？

9. 伊森是以哪些积极的方式摆脱愤怒的呢？

10. 当你对某人感到生气的时候，通常是什么反应？